VENTE

WILLIAM THIBAUD

21 AVR. 1868

V

VENTE

WILLIAM THIBAUD

RENOU & MAULDE

IMPRIMEURS DE LA COMPAGNIE DES COMMISSAIRES-PRISEURS

Rue de Rivoli, 144.

CATALOGUE

DE

TABLEAUX

ANCIENS

FORMANT LA COLLECTION

DE

M. WILLIAM THIBAUD

Et provenant pour la plus grande partie

DE LA GALERIE DU CARDINAL FESCH

VENTE A L'HOTEL DROUOT

SALLE N° 8

Le Mardi 21 Avril 1868

A DEUX HEURES

EXPOSITIONS { PARTICULIÈRE, le Dimanche 19 Avril 1868, de 1 heure à 5 heures.
PUBLIQUE, le Lundi 20 Avril 1868, de 1 heure à 5 heures.

Me EUGÈNE ESCRIBE
COMMISSAIRE-PRISEUR
rue Saint-Honoré, n° 217.

M. HORSIN DÉON
PEINTRE-EXPERT
rue des Moulins, n° 15.

CONDITIONS DE LA VENTE

Elle sera faite au comptant.

Les Acquéreurs payeront CINQ POUR CENT en sus du prix des adjudications.

CE CATALOGUE SE DISTRIBUE :

A Paris.............	Chez MM.	EUGÈNE ESCRIBE, Commissaire-Priseur, rue Saint-Honoré, 217.
Id.	—	HORSIN DÉON, Peintre-Expert, rue des Moulins, 15.
Londres.............	—	COLNAGHI, Pall-Mall-East, 14.
Id.	—	JOHN-WEBB, Cork-Street Burlington-Garden, 22.
Id.	—	H. DURLACHER, New-Bond-Street, 113.
Id.	—	ANNOOT, Old-Bond Street, 16.
Id.	—	F. DAVIS, New-Bond Street, 101.
Id.	—	GAMBART, Pall-Mall, 120.
Bruxelles...........	—	Étienne LEROY, Expert du Musée royal, place du Grand Sablon, 33.
Id.	—	HÉRIS, Expert du Musée royal, rue de la Charité, 33.
Anvers..............	—	VERLINDE, rue de la Bourse anglaise, 1.
Berlin...............	—	FIOCATI, Unter den Linden, 21.
Id.	—	LEPKE, Unter den Linden, 12.
Vienne..............	—	ARTARIA et Cie.
Id.	—	Maison GOUPIL, représent. M. KAESER.
Francfort-sur-Mein.	—	LŒWENSTEIN frères, Zeil.
Id.	—	GOLDSCHMIDT, Zeil, hôtel de Russie.
Id.	—	BAER (Antoine), place Schiller, 3.
Pétersbourg.........	—	NEGRI, père et fils.
Id.	—	VAN GOGH, marchand d'Estampes.
Rotterdam..........	—	LAMME, Conservateur du Musée.
Rome................	—	MENCHETTI, via Babuino.

La Collection dont nous offrons le Catalogue se compose en grande partie de tableaux provenant de la galerie de S. Exc. le cardinal Fesch : les uns achetés à la vente, les autres donnés par le roi Joseph-Napoléon, légataire universel du cardinal, à M. Thibaud, son secrétaire, chargé de surveiller la liquidation de la célèbre galerie. Ensuite, de plusieurs pièces capitales achetées à Rome par notre client, entre autres une admirable fresque du Pérugin, provenant de la maison même de l'artiste, et un magnifique Murillo, dont une poursuite judiciaire établit l'incontestable authenticité.

Nous croyons en avoir assez dit pour éveiller la curiosité des Amateurs et Spéculateurs : nous espérons qu'ils voudront bien visiter notre Exposition qui les intéressera certainement à plus d'un titre.

H. D.

DÉSIGNATION

DES

TABLEAUX

Écoles Italienne, Espagnole et Française.

ALBANE

(FRANCESCO)

1 — ***Trois Sujets de l'Histoire de Diane.***

Diane découvrant la grossesse de Calisto.

Dans un paysage solitaire, la Déesse de la chasteté se baigne, entourée de ses nymphes, et ordonne à deux d'entre elles de mettre à nu la pauvre Calisto, qui, agenouillée sur la rive, subit sans défense cette humiliation.

Cuivre. — H. 5 c. L. 13 c.

Alphée et Aréthuse.

Au moment où Alphée est près d'atteindre la nymphe Aréthuse, apparait Diane sur un nuage, qui les change l'un en fleuve et l'autre en fontaine.

Diane et Actéon.

A l'ombre d'un fourré d'arbres, la Déesse de la chasse, étant au bain au milieu de ses nymphes, aperçoit Actéon qui, au loin, l'épie de ses regards indiscrets. Elle ordonne qu'il soit métamorphosé en cerf.

Cuivre. — H. 5 c. L. 13 c.

Gracieuses compositions d'une couleur claire, d'une précieuse exécution, qui, réunies, forment une délicieuse petite frise.

ALLORI

(CRISTOFORO)

2 — **Vénus.**

Dans un paysage triste et nu que sa présence va bientôt changer en oasis, Vénus vient de quitter la mer dont l'écume l'a formée. Radieuse, elle s'avance sur la terre, les regards levés vers le ciel, semblant appeler à elle les dieux qu'elle doit soumettre à sa puissance aussi bien qu'elle le fera des simples mortels.

Au pied de cette belle figure, se voient deux colombes qui se béquettent, ainsi qu'une banderole sur laquelle on lit : *Lex nata.*

Bois. — H. 77 c. L. 33 c.

ANDREA DEL SARTO

(VANNUCCHI)

3 — **Portrait de jeune Homme.**

Il est vu en buste et coiffé d'une toque rouge ornée d'un gros bouton d'or; une chemisette, brodée d'une grecque, couvre ses épaules. Sa tunique est rose, bordée d'étoffe verte; un manteau garni de fourrure, qu'il retient de la main droite, est jeté sur son épaule.

Curieuse peinture inachevée qui donne un exact spécimen des procédés de l'École.

Bois. — H. 49 c. L. 33 c.

ANESI

(PAOLO)

4 — **Paysage montagneux avec route et ville dans le fond.**

Cuivre. — H. 14 c. L. 18 c.

ANESI

(PAOLO)

5 — **Paysage avec une vieille tour dans le centre.**

Deux petits pendants d'une exécution facile et d'une couleur agréable.

Cuivre. — H. 14 c. L. 18 c.

BARBARELLI

(ÉCOLE DE GIORGIO)

6 — **Un Docteur donne ses soins à une jeune femme malade.**

Toile. — H. 90 c. L. 1 m. 16 c.

BARBIERI

(ANTONIO-PAOLO)

7 — **Fruits et Figures.**

Dans une pièce qui laisse apercevoir un paysage par la fenêtre ouverte, se voit un petit mulâtre, assis les jambes croisées, qui s'amuse de la gourmandise d'un singe dont il tient la chaîne dans la main.

Des fruits de toute espèce sont déposés sur des tables ou jetés à terre près d'une glacière et d'un grand vase à rafraîchir, en cuivre rouge.

Toile. — H. 1 m. 32 c. L. 1 m. 68 c.

BARBIERI

(ANTONIO-PAOLO)

8 — **Nature morte et Figure.**

Dans une espèce de cuisine, on voit des canards déposés sur un billot auprès duquel sont une cruche de terre, un baquet, un coq d'Inde. Puis, suspendus au mur, un jambon et un poisson ; en face, à droite, un chat à côté d'un jeune garçon qui dépouille un lièvre, forment le complément de ce tableau, pendant du précédent.

Toile. — H. 1 m. 32 c. L. 1 m. 68 c.

BATONI

(POMPEO)

9 — **Sainte Famille.**

Dans l'intérieur d'une étable, la Vierge Marie entoure de ses bras et contemple avec ravissement son divin fils couché sur sa crèche. Saint Joseph, assis sur le devant du tableau, suit du regard la tendre émotion de l'heureuse mère et participe à son bonheur.

La lumière qui émane de l'Enfant Jésus éclaire cette scène émouvante, ainsi que des anges qui voltigent au-dessus de la Sainte Famille qu'ils glorifient.

Toile ovale — H. 76 c. L. 61 c.

BELTRAFIO

10 — **La Vierge allaitant l'Enfant Jésus.**

Bois. — H. 44 c. L. 32 c.

BONINI

(GIROLAMO)

11 — **Vénus et l'Amour.**

Au pied d'un arbre, dans un paysage, la Déesse étendue à terre, mollement accoudée sur un coussin, après avoir donné un ordre à l'Amour qui s'envole armé de son arc, se dispose au repos en se couvrant d'une ample draperie blanche.

Cuivre. — H. 17 c. L. 25 c.

BONZI

(PAOLO, *dit le* GOBBO)

et

CARRACHE

(LOUIS)

12 — **Fleurs, Fruits et Figures.**

Dans un parc près d'une fontaine, trois enfants posent sur un socle de pierre un grand vase de cuivre rempli des plus belles fleurs. A leurs pieds, sont déposés à terre un melon, des figues, une pastèque entamée, du raisin et des pêches.

Toile. — H. 1 m. 98 c. L. 1 m. 46 c.

BONZI

(PAOLO *dit le* GOBBO)

et

CARRACHE

(LOUIS)

13 — **Fleurs, Fruits et Figures.**

Deux enfants remplissent de fleurs le bassin d'une fontaine monumentale, un troisième, asperge un singe glouton qui gaspille des fruits déposés à terre : grenades, melons, figues, pèches, raisins, prunes et autres.

Grandes et belles pages du plus bel aspect, dans lesquelles l'artiste a su grouper avec un art infini les fleurs les plus belles. Roses, tulipes, grenades, boules de neige, roses trémières, pavots, volubilis, jacinthes et autres, forment un ensemble ravissant de couleur et de fraîcheur.

Toile. — H. 1 m. 98 c. L. 1 m. 46 c.

BORZONE

(LUCIANO)

14 — **L'Amour.**

Jolie petite figure, œuvre d'un maître célèbre à Gênes, inspirée de Van Dyck dont Borzone dans ses portraits a souvent suivi la manière.

Toile. — H. 31 c. L. 24 c.

BRULOFF

15 — **Giovanni Guaberto assassine l'amant de sainte Marguerite.**

Surpris sans armes et descendu de cheval, le fiancé, à genoux, implore en vain son impitoyable bourreau.

H. 18 c. L. 22 c.

BRULOFF

16 — **Sainte Marguerite reconnaissant le corps de son bien-aimé.**

Le petit chien de la Sainte ayant découvert, caché sous des broussailles, le corps inanimé de l'amant de la désolée Marguerite, parvient, en la tirant par sa robe, à la conduire près de lui.

Curieuses petites peintures d'un maître russe fort estimé en son pays, mort à Tivoli en 1826.

H. 18 c. L. 22 c.

CARAVAGE

(MICHELE-ANGIOLO)

17 — **Poules et Accessoires.**

Une poule blanche et deux noires, un panier rempli d'œufs et de paille, une flasque demi-pleine de vin, un vase de grès rouge, une assiette, du céleri, des navets, se voient sur une espèce de terrasse ombragée par un figuier.

Peinture d'une belle couleur et d'une exécution vigoureuse qui légitime son attribution.

Toile. — H. 87 c. L. 1 m. 47 c.

CASSANA

(GIO-BATTISTA)

18 — **Fruits.**

Des limons entiers et coupés, des pêches, des pommes, des cerises, des prunes, des nèfles, des figues, des raisins, sont déposés à terre et sur un tertre.

Toile. — H. 46 c. L. 64 c.

CASSANA

(GIO-BATTISTA)

19 — **Fruits.**

Une pastèque entamée, une grenade ouverte, des poires, des pommes, des cerises, des prunes, des raisins, sont jetés à terre.

Ces deux pendants joignent à une exécution rapide et ferme, une couleur vraie et brillante du meilleur effet.

Toile. — H. 46 c. L. 64 c.

CONCA

(LE CHEVALIER SEBASTIANO)

20 — **Triomphe d'Amphitrite.**

La gracieuse Déesse de la mer, debout sur une coquille en forme de char, est supportée triomphalement au-dessus des eaux par trois Tritons que guide un dauphin. Un Amour tenant une couronne de roses, d'autres soutenant une légère draperie, voltigent au-dessus de sa tête. Jupiter et Junon, qui, du haut des cieux assistent à ce cortège de la fille de l'Océan, complètent l'ensemble de cette réjouissante composition, qui joint à une couleur agréable et claire une exécution soignée.

Toile. H. 1 m. 6 c. L. 67 c.

CRESPI

(MARIA, *dit lo* SPAGNOLETTO)

21 — **Pastorale.**

En gardant ses moutons, une jeune bergère, assise sur un tertre, s'est profondément endormie. Un petit espiègle s'amuse à tourmenter son sommeil en lui faisant courir une paille sur le visage. Au second plan, un troisième personnage suit du regard les gestes de l'enfant.

Agréable petite composition, d'une vigoureuse couleur et d'une remarquable facilité d'exécution.

Toile. — H. 39 c. L. 30 c.

DOMINIQUIN

(AMBROGIO)

22 — **Adam et Ève.**

Dans un paysage boisé qu'arrose un courant d'eau, on voit, au centre, Ève debout, près d'un pommier chargé de fruits. Tentée par les artifices du démon, elle offre une pomme au faible Adam, qui la reçoit.

A gauche, Dieu crée la femme; à droite, Adam et Ève sont chassés du paradis. Composition importante, d'une couleur vigoureuse et claire.

Toile — H. 97 c. L. 1 m. 44 c.

DOSSO

(GIO-BATTISTA)

23 — **Oiseaux et Fruits.**

Dans un paysage, sur des branches d'arbres et sur des murs d'appui, se voient un coq, des pigeons, un faisan, des canards, un perroquet, des oiseaux de proie et autres. Sur un des murs sont encore un melon, des limons, une pomme, des oranges dans un plat de porcelaine.

Toile. — H. 1 m. 15 c. L. 1 m. 44 c.

GALLEGOS

(FERDINAND)

24 — **Le Christ à la colonne.**

Le Rédempteur est debout, la tête couronnée d'épines, les bras croisés sur la poitrine ; il tient dans les mains les verges qui témoignent des humiliations et des supplices que lui ont fait subir les hommes. A ses pieds prient saint Jean et la sainte Vierge.

Bois. — H. 42 c. L. 30 c.

GESSI

(FRANCESCO)

25 — **Vénus et l'Amour.**

La déesse, dans un paysage, à demi couchée sur une ample draperie qu'un Amour, pour l'abriter, suspend à des branches d'arbres, s'entretient avec Cupidon agenouillé près d'elle et appuyé sur son épaule.

Toile. — H. 1 m. 44 c. L. 2 m. 10 c.

GUIDO RENI

26 — **Les cinq Saints.**

Au pied d'une idole brisée se voit saint André mourant, à demi étendu sur sa croix et la tête appuyée sur l'épaule de saint Barthélemy, qui, les yeux levés vers le ciel, semble l'intercéder avec ferveur, lui montrant le scalpel qui doit être l'instrument de son propre supplice.

Près des deux martyrs apparaît saint Charles Borromée qui les contemple avec une surprise mêlée d'admiration. Debout, derrière ce groupe mystique, se tiennent calmes et en prière deux jeunes martyres : sainte Appoline et sainte Lucie.

Vigoureuse peinture d'une couleur brillante, remplie d'animation et de fougue, première manière du Guide.

Vente du cardinal Fesch en 1845, n° 993, p. 243.

Toile. — H. 2 m. 35 c. L. 1 m. 69 c.

LUINI

(BERNARDINO)

27 — **Hérodiade.**

Cette vindicative princesse, debout, vêtue d'un riche et élégant costume de soie rose qui laisse à découvert ses bras et sa poitrine à peine voilés par une chemisette et des manches de gaze, reçoit dans un vase la tête de saint Jean que lui présente un bourreau coiffé d'une toque ornée d'une plume.

Un fini précieux, une distribution de lumière bien entendue, une couleur harmonieuse, des caractères de têtes bien choisis, forment un ensemble séduisant qui fait oublier tout ce que cette composition offre de dramatique.

Bois. — H. 71 c. L. 46 c.

MAZZUOLI

(ALESSANDRO)

28 — **L'Innocence jouant avec l'Amour.**

Paragone. — H. 22 c. L. 16 c.

MURILLO

(BARTHÉLEMY-ESTEBAN)

29 — **Saint Diego d'Alcala.**

Le patron de l'Espagne, agenouillé à terre, devant un Christ attaché à une branche d'arbre, prie avec la plus grande ferveur. Au second plan, on aperçoit deux personnages, un homme coiffé d'un turban et une femme, qui semblent craindre de troubler le pieux solitaire.

Ce beau tableau a été l'occasion d'un procès qui en établit l'authenticité et en fait un suffisant éloge.

Le commandeur Bassi, conseiller du roi de Sardaigne, acheta ce tableau un prix insignifiant, lorsque le vendeur apprit qu'il venait de le céder à M. Thibaud, comme Murillo à un prix élevé. Il l'attaqua en lésion. Des arbitres furent nommés : trois experts espagnols consultés, entr'autres M. Madrasso, directeur du Musée de Madrid, déclarèrent le tableau comme étant véritablement de Murillo. M. Bassi se vit obligé de payer douze cents scudi romains pour arrêter le procès qu'il devait infailliblement perdre.

Toutes les pièces, attestations authentiques de M. Madrasso et autres, seront remises à l'acquéreur de ce tableau remarquable.

Toile. — H. 1 m. 90 c. L. 1 m. 20 c.

PERUGIN

(PIETRO-VANNUCCI)

30 — **Saint Christophe.**

Dans un paysage, il est vu debout, portant sur l'épaule l'enfant Jésus, qui tient dans sa main gauche la boule du monde. Le saint traverse avec précaution une rivière en s'appuyant sur un jeune palmier lui servant de bâton semblant péniblement chargé par son précieux fardeau, l'artiste voulant par ce mouvement symboliser l'importance du fils de Dieu.

Cette belle fresque a été enlevée de la maison même du Pérugin, citée dans un ouvrage intitulé : *Vita, Elogio e memorie dell egregio pitore Pietro Perugino*, publié par Carlo Baduel, à Pérouse, en 1804; voici la traduction de quelques lignes qui établissent clairement la provenance de notre tableau, pages 186 et 187. « En face donc de cette « église fut la maison de Pietro, car sous une « terrasse qui, à présent, est un corridor, il pei- « gnit en fresque saint Christophe de taille gi- « gantesque. Cette peinture se serait conservée « intacte si les professeurs de Cosme ne lui « avaient fait perdre les jambes. Peut-être le Van- « nucci peignit ce saint dans sa propre maison « en mémoire de son père. Il est si beau, et des- « siné de si grande manière, qu'il peut être com- « paré aux figures de la salle du change. » C'est-à-dire aux plus belles œuvres du Pérugin. Que pourrions-nous ajouter à un tel jugement, sinon que nous avons l'espoir que les amateurs et connaisseurs sanctionneront le jugement de l'enthousiaste italien ?

Toile. — H. 2 m. 11 c. L. 1 m. 55 c.

POUSSIN

(ATTRIBUÉ A NICOLAS)

31 — **Le Déluge.**

Le ciel qui est chargé de nuages, la pluie qui tombe par torrents, ne permettent qu'une faible lumière. Les eaux débordées montent déjà vers le sommet des montagnes les plus élevées, les derniers hommes cherchent en vain leur salut dans le courage comme dans la prière. L'arche seule vogue paisiblement dans le lointain.

Toile. — H. 1 m. 29 c. L. 1 m. 65 c.

POUSSIN

(ÉCOLE DE NICOLAS)

32 — **Des Enfants. Allégorie des vendanges.**

Toile. — H. 18 c. L. 43 c.

PRIMATICE

(FRANÇOIS)

33 — **L'Abondance entre les Éléments.**

L'Abondance est représentée sous les traits d'une belle jeune femme tenant dans la main droite une faucille qu'elle élève en l'air et soutenant de la gauche une corne remplie des plus beaux fruits. Elle est assise sur un tertre au pied d'un laurier, une draperie de soie rose est artistement ajustée sur ses genoux, et un Amour suspend une couronne de feuillages au-dessus de sa tête, ornée d'un diadème de pierreries et d'épis de blé gracieusement posé dans sa chevelure blonde. Elle est entourée par les quatre Eléments, figurés : la Terre, par un paysage et par tous les fruits et légumes qu'elle produit; l'Air, par une foule d'oiseaux qui voltigent dans l'espace; l'Eau, par un enfant couronné de plantes marines autour duquel sont entassés des poissons et des coquillages de natures diverses; enfin, le Feu, par un troisième enfant qui tient dans les mains des torches enflammées. Sur le devant, un quatrième enfant tient sur son doigt un caméléon symbolisant l'inconstance des Éléments.

Grande et belle composition qui réunit à la grâce des figures un soin précieux dans l'exécution et une couleur claire, agréable et brillante.

Toile. — H. 1 m. 63 c. L. 2 m. 30 c.

RIBERA

(JOSEPH, *dit* l'ESPAGNOLET)

34 — **Saint Jean-Baptiste.**

Presque nu jusqu'à la ceinture, le corps enveloppé d'un manteau et d'une peau de chameau, saint Jean est assis le coude appuyé sur une roche. Sur la banderole qui entoure la croix de roseau qu'il tient passée dans son bras gauche, on lit : *Ecce agnus Dei*. De la main droite il met en évidence le nom de Dieu que sa bouche semble prononcer.

Une couleur et un effet d'une grande vérité, une composition heureuse, recommandent ce bon tableau qui réunit les meilleures qualités du grand maître espagnol.

Toile. — H. 1 m. 50 c. L. 1 m. 22 c.

ROSCELLI

(MATTEO)

35 — **Sainte Madeleine.**

Dans sa grotte, elle est à demi couchée à terre, méditant sur une tête de mort qu'elle tient à la main.

Toile. — H. 1 m. 1 c. L. 1 m. 39 c.

SACCHI

(ANDREA)

36 — **Lucrèce.**

Debout, les yeux levés au ciel, armée d'un poignard, elle découvre de la main gauche son sein qu'elle va frapper.

Toile. — H. 22 c. L. 17 c.

SACCHI

(ANDREA)

37 — **Cléopâtre.**

Assise, le coude appuyé sur une table, elle se fait mordre le sein par un aspic.

A la grâce, ces jolis pendants joignent une couleur claire et agréable.

Toile. — H. 22 c. L. 17 c.

SALVATOR ROSA

38 — **Choc de Cavalerie.**

Cuivre. — H. 13 c. L. 17 c.

SALVATOR ROSA

39 — **Combat de cavalerie.**

Deux petits pendants remplis d'animation et de mouvement, d'une couleur pétillante et dignes en tous points de leur attribution.

Cuivre. — H. 13 c. L. 17 c.

SIGNORELLI

(LUCA)

40 — **Saint Bonaventure.**

Tous les frères réunis, le général de l'Ordre sur un trône, des auditeurs de tous états, écoutent avec recueillement les paroles si pénétrantes, si pures, de saint Bonaventure.

Cette assemblée a lieu dans le parloir d'un couvent dont la porte ouverte laisse apercevoir le cloître.

Bois. — H. 28 c. L. 62 c.

SIGNORELLI

(LUCA)

41 — **Autre Épisode de la vie de saint Bonaventure**

Un légat du Pape Grégoire X vient offrir le chapeau de cardinal à saint Bonaventure, qui le reçoit avec la plus grande humilité. La scène se passe dans l'intérieur d'un cloître.

Ces deux tableaux, d'une conservation remarquable, se distinguent surtout par le grand sentiment religieux qui caractérise et recommande si particulièrement les œuvres du xve siècle.

Bois. — H. 28 c. L. 62 c.

SPADINO

42 — **Nature morte.**

Des poissons, une tortue, un vase de cuivre sont déposés sur le roc.

Toile. — H. 73 c. L. 97 c.

STEFANO

(DA FERRARI)

43 — **Jésus et la Sainte-Vierge.**

La Vierge Marie, les mains croisées sur sa poitrine, les yeux baissés à terre, se voit en prière debout près de son divin fils, dont la main droite est appuyée sur la boule du monde.

Cuivre. — H. 21 c. L. 29 c.

TASSI

(AGOSTINO)

44 — **Paysage; site d'Italie.**

A droite, des ruines sur des terrains accidentés; à gauche, la mer bornée par des montagnes azurées. Sur le premier plan, un pont, une route, des plantes buissonneuses, et sur un monticule, de jeunes arbres se détachant sur un ciel légèrement nuageux, éclairé par un soleil levant qui se reflète brillant dans les eaux de la mer.

Enfin, des figures artistement distribuées complètent ce joli tableau, exécuté dans la manière du Claude.

Toile. — H. 33 c. L. 44 c.

TAVELLA

(CARLO-ANTONIO)

45 — **Paysage; site d'Italie.**

Au fond, des montagnes azurées; à droite, une petite ville sur de hautes falaises; à leurs pieds, des ruines, des fabriques et une rivière; à gauche, une route, de beaux arbres et plusieurs groupes de gentilles figures, composent ce paysage.

Toile. — H. 76 c. L. 99 c.

TALELLA

(CARLO-ANTONIO)

46 — **Paysage; site d'Italie.**

Le pays est montagneux et boisé ; à droite, sur un monticule, est une ferme et la route qui y conduit ; des figures et des animaux l'animent.

Toile. — H. 76 c L. 99 c.

VÉRONÈSE

(ALEXANDRE)

47 — **Le Temps découvrant la Vérité.**

Composition de deux figures, d'une couleur brillante et d'une exécution soignée.

Toile. — H. 90 c. L. 1 m. 45 c.

VITELLI

(GASPARD VAN)

48 — **Vue de Campo Vaccino.**

Prise de l'arc de Titus, on découvre tous les principaux édifices et ruines de cette place, emplacement du forum de Rome antique, que domine au loin le Colisée. Des débris d'architecture encombrent le sol. On voit, au centre de la place, des allants et venants, puis des vaches et chevaux qui s'abreuvent à une fontaine, ainsi qu'un paysan conduisant une voiture chargée de fourrage.

Une couleur claire, des figures bien distribuées, ajoutent à l'agrément de ce tableau intéressant déjà par les souvenirs historiques qu'il rappelle.

Toile. — H. 97 c. L. 1 m. 35 c.

VITELLI

(GASPARD VAN)

49 — **La Place d'Espagne.**

Cette vue est ancienne et avant la construction de la Schatinata. Dans le fond à gauche, sur la hauteur, on aperçoit la Villa Medicis ; au centre, la Trinité du Mont ; à droite, les rues Sestina et Gregoriano. Sur la place, se voit la fontaine dite le Barcaccia, un carrosse et un grand nombre de personnages.

Toile. — H. 26 c. L. 39 c.

ZUCCARO

(ATTRIBUÉ A FEDERIGO)

50 — **Un Moribond refusant la consolation d'un prêtre, subit le jugement de Dieu.**

Cuivre. — H. 22 c. L. 28 c.

ÉCOLE BOLONAISE

51 — **Les trois Grâces et l'Amour.**

Toile. — H. 60 c. L. 28 c.

Écoles Allemande, Flamande et Hollandaise.

KABEL

(ÉCOLE DE VAN DER)

52 — **Paysage-Marine ; soleil levant.**

Toile. — H. 87 c. L. 33 c.

MENGS

(RAPHAEL)

53 — **Le Lever.**

C'est une gracieuse jeune femme qui vient de quitter un splendide lit de repos contre lequel elle est encore appuyée.

Cuivre. — H. 21 c. L. 15 c.

MOREELZE

(PAUL)

54 — **Les Premières Émotions de l'Amour.**

C'est une jeune fille blonde couronnée de roses, qui, accoudée, la poitrine découverte, se presse le sein qu'elle regarde naïvement dans une glace, supprimée par l'artiste, sans aucun doute, pour y substituer le spectateur.

Une couleur brillante et vraie recommande cette agréable peinture d'une exécution soignée.

Bois. — H. 52 c. L. 42 c.

PEPIN

(ATTRIBUÉ A MARTIN)

55 — **Jeu d'Enfants.**

Toile. — H. 21 c. L. 39 c.

POËL

(VAN DER)

56 — **Les Chanteurs ambulants.**

Une femme bohème, portant un enfant lié derrière le dos et en ayant un à son côté, chante accompagnée par un joueur de violon, devant la porte d'une ferme. Une vieille femme les écoute avec un air de satisfaction. Quelques accessoires complètent l'ensemble de ce tableau facilement exécuté.

Toile. — H. 33 c. L. 47 c.

RYSBRAECK

(PIERRE)

57 — **Paysage; site d'Italie.**

Le pays est montagneux, au centre est un village, à gauche une route bordée d'arbres descendant d'un monticule sur le premier plan. Un muletier causant avec une femme et un homme assis sur un tertre, puis çà et là de petites figures distribuées avec art, animent cet agréable paysage.

Toile. — H. 71 c. L. 95 c.

RYSBRAECK

(PIERRE)

58 — **Paysage.**

Le site est montagneux et boisé, on aperçoit dans le fond d'anciennes ruines. Un paysan à cheval conduisant trois vaches, un autre assis qui fait reposer son âne, complètent son ensemble.

Toile. — H. 71 c. L. 95 c.

SEGHERS

(GÉRARD)

59 — **Cérès cherchant sa fille Proserpine.**

A la lueur d'une torche, Cérès, cherchant sa fille que lui a ravie Pluton, épuisée de fatigue et mourant de soif, vient de s'arrêter près d'une vieille femme à qui elle a demandé à boire. L'avidité avec laquelle la déesse vide le vase que la bonne vieille, appuyée sur son bâton, lui a donnée provoque la surprise et le rire d'un jeune enfant qui se moque d'elle.

Composition pleine de vérité, où l'on trouve en opposition les différents âges de la vie et leurs diverses impressions rendues avec une justesse d'expression surprenante, qui, jointe à l'entente admirable de l'effet de ce tableau, en fait une œuvre des plus remarquables du maître.

Toile. — H. 1 m. 35 c. L. 1 m. 25 c.

STERNE

(LUDOVICO)

Signé.

60 — **Vase de Fleurs.**

Des roses blanches, des fleurs d'oranger, des jacinthes, une tulipe et autres fleurs sont groupées dans un vase déposé sur une table où sont encore des pêches et une branche de pieds-d'alouette.

Toile. — H. 51 c. L. 30 c.

STERNE

(LUDOVICO)

61 — **Vase de Fleurs déposé sur une table.**

Pendant du précédent.

Toile. — H. 51 c. L. 30 c.

GRAVURES

62 — **Batailles de Napoléon, par Andrea Appiani. gravées par divers.**

Épreuves avant la lettre formant un volume relié.

RENOU et MAULDE, Imprimeurs de la Compagnie des Commissaires-Priseurs, rue de Rivoli, 144. 15321

www.ingramcontent.com/pod-product-compliance
Ingram Content Group UK Ltd.
Pitfield, Milton Keynes, MK11 3LW, UK
UKHW021314190726
13839UKWH00007B/1832

9 782329 469010